KB145567

패, 牌를 보이다

전남혁 제2시집

시음사
시사랑음악사랑

시인의 말

여태, 각인되는 소월과 이 땅에 선구자 시인님들을
흉내 내고 닮기도 하며 말하고 싶은 것과
여타의 사람과 나를 씁니다. 두 번째 시집이지만
부족하고 아쉬움이 남습니다. 시시한 시 한 편
쓰다가 신심을 부정하는 나의 어리석음도
긍휼히 여깁니다.
어리석음이 솔직함에 등속은 아니겠지요.
속 쓰려 진통제를 맞아도 무통 되지 않는 시간….
훗날, 몸이 생각을 따라갈 수 없을 때까지 쓰고 싶지만
아무리 생각해도 한계의 끝물은 아닐는지요.

*부연

그 시대가 시인을 만들며

근세는 붉은 피가 검은 피딱지가 되고

흙으로 스며서 오늘에 이르렀다고 생각합니다

진척된 민주화라지만, 그렇다고 끝난 게 아니라는 생각은,

건국 이후 그들은 권력을 잡기 위한 술수, 즉

백성을 속이는 일에 거리낌 없이 재미 붙었어요

그것을 꾸준히 지적해야 하지 않을까요?

서로 가는 길이 천 갈래 만 갈래여도 살피며,

그들의 아닌 것에 대하여 씹어 재끼고 조져야지요

왜냐고? 그래야 백성을 두려워하기 때문이지요.

시인 **전남혁**

* 목차

* 목차

* 목차

* 목차

QR코드   스마트폰으로 QR 코드를 스캔하면
시낭송을 감상할 수 있습니다

 본문
시낭송
감상하기

 제목 : 진달래꽃
시낭송 : 박영애

 제목 : 귀가
시낭송 : 박영애

 제목 : 흐린 가을날
시낭송 : 박영애

 제목 : 변산
시낭송 : 박영애

 제목 : 가을 무를 거두며
시낭송 : 최명자

시인은 자연을 이야기하고 시낭송가는 자연을 품었다
글자는 날개를 달아 언어로 날고 소리는 자연에 눕는다

끝내 마스크를 벗지 못하면

눈빛만 보는 게
표정의 반만 읽는 것
길 물을 때
친절한 입술 보았을 텐데

낫지 않는 고혈압과 당뇨는
친구처럼 지내고
코로나가 그렇다면

−얼굴엔 티 나는
투명 마스크가 필요해
누구나
봐주기를 바라는 마음이
가려진 얼굴로 답답하고

−벗을 수 없다면
민낯의 호기심을 풀어 줘야지
피부 편한 투명 마스크의 진화는
가능할까요

미필적 고의

말 많으니 혀 뽑고
고운 것 보지 못해 눈 들어내고
엉큼하니 손바닥 가죽도 벗겨 버려

버릇된 것에 무딘 나
인화 물질 옆에서
담뱃불 붙이거나

소통

MZ세대를 베이비부머가 길렀죠

알 커피 같은 마음이
젊은이의 열기 속에 녹아들고
체면은 빈 지갑에 구겨 넣어

"나 때는 말이야."라고
해진 가죽 같은 생각을 접고
마냥, 너나들이
승차권을 끊어 다가가리

차돌처럼 굳은 '라떼'였죠

베이비부머가 제 생각이 언짢다면
MZ에겐 귀여운 생각

fandom

  내가 그에게 미쳤나 봐
오케스트라 연주가 깔리면
노래 부를 수 있는 최고의 끝이
보이지 않네
모든 나라의 가곡이면 가곡
                민요
                팝
                로큰롤 넘어서
        우리나라의
                창이면 창
                트로트까지 소화할 수 있는 감동을
                줄 수 있어
                노래의 숲에 카멜레온을 부르고
                신이 줘 버린 목소리

        그가 안드레아 보첼리!

오늘

-팬데믹의 어느 하루

파란 하늘에게 미안해서
구름 모두 산 너머 숨었나

가을빛이 바랜, 잎 성근 숲에
여느 새들에 노래가
음표처럼 날아다닐 때
맑은 바람도 진종일인걸요

요런 날 나는
그리움 밭에
설렘의 씨를 뿌려요

산책하며,
시들어 대롱거리는
잎새와 새들 더불어
허밍 코러스가 시작되고
고개 들어 노래 뽑어 대요 →

수삼 년 잊고 있던

기분 좋은 하루여서

마스크 벗어젖힌 날이에요

별이 보여

그들은
하늘 없는 도시에서
네온이 눈 뜨고
감을 때는 해장국 나눠 먹고

아내들이 화가 나
술잔들이 쉴 때는, 눈칫밥으로
감각마저 야위었네

나 시골 와
구백여 평 밭일하고
오가던 들길에서

손톱눈 달이 떠오르고
은강에 씻겨 던져 놓은
별이 깨끗해

연민

노년의 창에
아름다운 여자가 비치면
가슴이 데워져

지팡이라도 짚었다면
망령들 일이지

데워진 열정은
문지방 넘는 끼만 남아
염병할 것에 견준다

유채꽃밭에서

햇살 앉은 유채꽃 노랗게 웃고
가까이 볼라치면
알싸한 향 계집아이들 수다 같아
가득 담은 내 귀엔
사진 찍는 소리 여기저기
걸어 다니고

누구시기에

하늬바람에 서편 창이 덜컹,
뒤돌아보는 일

언어의 열매가 가득한 날
먹어도 공허한 체기

떠난 시인의 노래는
지층이 된 언어 같은 것

뇌수와 귀를 깨워
호기심과 겨자씨 움트는 소릴 듣고

옹알이가 암호로
쏟아 내는 말, 그걸
알고 싶은 절절한 소망

이름 없는 시인

쓰기만 하다 죽을지 몰라

물집 잡힌 무덤으로 사글세 가는 날

하얀 희열로 채색된 낯빛

그이 보내는 사람들 말이

"웃고 있네"

혼이 되어

장례식장 조문 온
살갑던 사이도
너 언제 봤냐는 듯
핏발 세우며 날장 튕기는 놈 중에
또 누군가 순서 없이 죽기 바랐을지도

넌 간간이 웃음소리 들으리
그림자 없이 그들을 지켜보리
천당 지옥을 가던
도착하기까지 혼자일 거다
화덕에 문이 열리기 전까지
가라! 버스보다 깜장 리무진

치기 여린 공감각

즐거운 노래는 무지개가 춤추는 듯
후각은 홀몸 노인이 사는 누런 방
청각은 다색이고
동공은 소란스럽다
미각은 사탕수수 대 같고 인색한 놈과
실패한 도전이며 깔라만시 원액의 몸서리
촉각이 뜨겁다면 불같은 색
부드럽다면 카키색
파란색의 냉정함

눈치 보기

똑소리 나서 앞에 서고
똑소리 나서 뒤에 있고
휘면 어중되고
휘지도 못한 바보는
똑소리에 묻힐 듯
딱! 부러지는 소리 듣고 가만,
가만히 까치발로

학교폭력

년·놈들은
후배든 같은 반 아이든
맘에 들지 않으면

계속 때린다
손과 발, 흉기와 공포 돋친 소름으로
죽지 않게

공포 돋친 소름인데
희열을 느끼며

희열 속에 숨긴 상처받은 말로
죽을 수도 있겠다.

신나게 맞는다. 살기 위해
즐겁게 맞는다. 살기 위해

팬 년 놈들이 지쳐 버리고
맞고 맞은 아이들 죽었나? →

26

그 소녀 소년은 살아서 집으로 왔다.

방 문짝으로 아빠의 분노를 닫고

튀어나온 엄마의 눈 같은 꼭지를

딸깍, 눌렀다.

층간소음

자정이 되도록 쿵쿵쿵거린다
날카로운 신경질은 두피를 뚫고
따지고 싶은 생각에
위층 가는 마음 발은
후다닥 그 집 앞인데
쪼꼬맹이의 웃음소리가
베란다로 흘러내린다

빈칸
—팬데믹의 나날

달력의 고딕 같은 날짜 아래
모임 약속 적을 일 없는
무심한 빈칸
신경 쓸 일 없어 좋은데
심심하겠다

자식

주고 싶어도 줄 게 없으니
받을 것도 없을 거고
마음이라도 주고 싶은데
값어치로 매길 수 없으니
마음 주는 일도 녹록지 않네

겨울 시금치

지난 가을날 심어 놓은 시금치를 캔다
정월 추위에 엉덩이가 발갛게 얼었구나
내일이면 꽁꽁 묶어
약속된 수만큼 진열대로 보낸다
겨울을 견딘 넌 성품도 좋을 거다
잘 자라 주어 고마워
잘 가게 시금치 백 단이여

파지

지인과 술 한 잔 후
오며 가며
낡은 아파트 촘촘한 동네 길
자정 무렵 가로등 뿌옇다

자주 보던 할머니
조금만 손수레 위에
파지가 등 굽은 키 위로 불안해

손주에게 줄 용돈 마련이라면
엄동설한이라도 괜찮아

김치밖에 없는 반찬이라
마흔 넘은 놈팡이 아들 위해
고기 한 점 상에 올리는 것도
괜찮아

고마워 눈물로 위로받겠지 →

어쩌지
준비되지 않아서
밟혀 찌그러진 그대를
주워 담고 있다면
파지의 젖은 무게는

준비해야겠어
누군가 날 위해 거저 주지 않겠지만
준비해 주지도 않아

곁눈질 말고
분주하게 땀 흘렸음에, 그날의
멱감는 시간이 오늘이 되기를

진달래꽃

꽃 필 때
그미 눈빛에 치여
떨어진 꽃잎 같은 약속이
생각나는 꽃

구차한 변명 같아
미운 꽃

꽃술에 취하듯
내 머리에 꽂고 싶은
히죽 꽃

봄날 저기
연분홍 삐딱 구두
또각또각 들리지만
기다리다 맥이 빠져
주저앉은 꽃

제목 : 진달래꽃
시낭송 : 박영애
스마트폰으로 QR 코드를 스캔하면
시낭송을 감상할 수 있습니다

*그미: 그 여자

담배 피우다가

말리는 시어미보다
더 얄미운 것은
담뱃갑 상단에 혐오스러운 사진 박아놓고
그래도 피우시겠습니까? 존댓말까지 해요
담배 팔지 말든지
값까지 올려놓고 약 올리네

며느리에게

용사여!
잔 다르크처럼 살 건가
적군에게 연승한 뒤 잽혀
뼈 한 조각 남을 수 없게
타오르는 살 냄새 맡으며 전설이 된
영웅보다
용서가 있고 사랑할 줄 아는 여인이여,
목마를 때 톡 쏘는 탄산수까지.
작은 우주의 평화댁이 되기를.

작은 씨앗보다 못한

A: B가 하는 것 무조건 싫어.
B: A가 하는 것 무조건 싫어.

다름을 이해하자 열변하면서
다름을 인정하지 않는 소갈머리는
겨자씨만큼도 없네

중독

담배를 피운다는 것
언제부터 집안에 시꺼먼 내력, 이미 한 사람
연기 같은 구름 타고 가셨고
또 한 사람 안개 속에 대기 중이다
붉은 양귀비의 상처 난 열매즙 마시듯 나도 마신다
마음에 펜치로 철사 끊을 수 없다는 방백이
위로된다면, 암 피워야지

40

내 하늘 360˚

모터 달고 회전하는 내 집 정면은 통창-낮엔
핏기 가신 낮달과 눈부심 속에 거울 같은 해 볼 거고
밤이면 달 모양 따위, 아는 별자리 몇 개,
뭇별이 입술처럼 속살거리는 얘기 듣다가
흘러내린 별똥별은 그림 한 장 주겠지
어느 땐
시커멓게 팽창하는 공간에 계실,
주인도 살펴볼 것인데
불빛마저 바스러진 시골, 느리게 돌고 있는 집에서
목 저리게 꿈을 마시고 그곳이 궁금해서 몽롱하고

그 집의 냉면

감언이설의 물로 치댄 면 아래
깔린 것은 인조육
백성의 믿음으로 우려낸 육수를 붓고
고명은 궤변

마지막 한 잔의 戒계

참지 못한 한 잔이
넋이 나간 채
비틀거리며 집으로 왔다네
가로등 부축을 받으며
집으로 왔지만 기억해
다리 하나는 들었어

아가리 검은 바다

검푸른 동해를 내려가다가
삭일의 밤인가
방파제를 집어삼킬 듯
검게 벌린 파도의 입술 새로
물거품의 흰 이빨이 드러난 시각
떨어진 곳에서 바라본 순간
연상의 그물망이
4월 16일을 건져 올린다

타이태닉의 호화로운 침몰과
세월호 객실의 순종으로 때늦은 아우성이
동등한 공포와 두려움을 느꼈다면
낮과 밤은 구분되지 않는다 →

칵테일 한 잔에 즐거워한다면
누가 꾸짖을 수 있나
그 시간 악마가 주관하는
죽음의 파티도 있었을 테니
만개하지 못하고 뒤집혀 잠긴
영혼들을 위하여
기쁠 땐 쓸개의 잔을 들고
슬플 땐 위로가 된
천상의 잔을 묵도默禱한다

청진기

스스로 심연의 늪에 청진기를 묻어두고
허전이 섬뜩할 때
꺼내 가슴에 대고 듣는다
사랑한 깊이만큼 밉다 보니
심장의 고동 소리는 우레와 같아
대범한 위선에 날 선 검지다

고독이 날뛸 때
술과 밤을 더하고 부족한 퍼즐을
끼워줄 사람이면 그리로 들른다
그게 위로받을 일인가

부질없이
실타래 풀어서 다시 베 짜는
페넬로페의 반복 같은
삶의 연속이어서
후회의 연장선이어서
안착 없이 날기만 하고
세상에 없는 슬픈 새가 된다 →

믿음 없는 벽에 양심의 청진기를 대어 보고
허공에도 대어 본다
같은 말 다른 불안으로 몸 둘 곳 없는 내게
병명이 애정 결핍증이고
처방전이 나왔다

[성상] 노랑 당의정
[효능] 내가 믿는 사람은 나를 안아 주어
　　　 약한 나를 강하게 한다
[용법] 외로울 때 수시로 한 알씩

그림자

1.
흐릿한 하늘에 성체 같은 달이
쪼그라진 내 몸을 표백한다

길 걷다가
오줌 소리 예감할 때 그림자 하나
희미하게 숨죽은 무게
진청색 백 겹 칠한 듯한 어둠에
표백된 빛도 식어 그림자가 사라지면
발자국이라도 남길까? →

2.

어둠 속에 나를 던져 놓고

권 수 부족한 책꽂이에 미끄러질 듯 기대선

낡은 언어로, 잔 돌림 노래와 중독된 만용으로

또 다른 장소로 향하는 해찰에 지치고

일어서다 무너지는 폐허

主 酒 사이에

위로와 착각이 혼재한 그림자로 남기를.

늦은 노래

사람아,
남았던 뜨거움이 휘발되면 노래 부르지 못할 것 같아.

푸르던 날
영글던 과육의 수줍은 낯빛, 이루지 못한 꿈으로
고릴라 가슴 치듯 한 일들, 알면서 잊고 싶은 것,
좋은 것은 끄집어내 부르고 싶은 노래여,

어둠이 깔릴 때
방충망에 비친 불빛이 십자로 퍼지거나
고요를 깨뜨리는 타종에, 검푸른 향기도 관심 밖이니
되돌아
간 날들에 얘기를 나누며 다시 한번 사는 기운을
소망한다면 몇 밤을 새울 수 있겠다. →

뇌같이 패인 주름 훈장처럼 달고, 바닥에서 퍼 올린
돌 같은 관능을 물수제비처럼 날리며
이야기할 수 있는, 당신을 본 적 없지만
만나고 싶다.

사람아,
내가 지는 노을이 기품 있는 것으로
착각하는 것은 아닌지 되묻고
함께, 위로된 언어를 꽉 차도록 붓는 일이
모래시계 뒤집는 일이겠지.
보게 되면 마지막 한 알까지 나누고 싶다.

우크라이나 2022

단조 1장.

그 난리 저질러 놓고 잠은 잘 오나
가시나무 같은 뿌찐!

길가메시 이전부터 믿고 싶은 말이 있었고
보기에 제 모습이라고 천지가 진동하며 사기 친 것
수만 세월 차라리 속임수
딱 하나 선지자가 강조한 사랑 외엔 상상의
부산물이라고,
듣고 제대로 실행했다면
시작된 역사부터 지금까지 무참히 서로 죽이나
보기에 괜찮아 보이나요

전쟁의 자비 없음과 익숙함은 포탄의 폭발음도
여리고 아득한 청각의 경계를 건넜다
죽음과 삶, 공포와 불안, 짜깁듯 보이는 그곳
어떤 일을 이성 없이 벌이는가

우크라이나 2022

단조 2장.

많이들 꽈배기 틀었겠지. 더 틀면 끊어져.
천지창조 하신 후 많이 고단하셨나 봐요.
아직도 주무시고 계세요. 하긴 아브라함도
175년을 살았으니 하룻밤 주무시는 건
우리에게 몇만 년 되신 거죠. 그 사이
당신 닮은 인간끼리 창칼로 싸우다가
많이 뒈졌고, 1,2차 대전과 사이사이 힘세고
무식한 놈들에 의해 더 많이 뒈졌거든요.
우크라이나는 벼룩의 간쯤 되나요. 그만 주무시고
깨세요. 들리지 않나요.
폭발음의 진공 속에 찢기며 펄럭이는 절규를.

폭설, 새벽 두 시

지나가는 추위에 얼어 있던 변산은
갖다 붙여 보기엔 눈보라는 턱도 없고
눈 폭풍이 휘몰아쳐요
깨어 있는 것은
주정꾼과 백색 LED 가로등, 붉은 십자가와
문 닫은 가게의 보랏빛 영문간판
하나 더
잠들지 못한 시각의 언어

55

갈라쇼

날 퍼런 갈라치기

가르기 좋게 잘 드는 칼

나라도 반 도막

그들, 그들의 광적인 갈라쇼

지랄들이여

낯설게 하기

커피잔에 소금 타 먹기—이미,
좋다는 발사믹 식초 소주잔에 부어 마시기—이미,
이상한 생각을 포처럼 말리기—대기,
들어 본 얘기는 귓구멍 들어가 몽땅 퍼내기—진행,
밋밋하면 혼피魂皮 상처 난 곳에
캐롤라이나 리퍼 페퍼 뿌려 붕대로 동여매기—염려,

그래도 낯설지 않으면 사랑하는 이에게
모른다고 딱 잡아뗄 것 마치 미친놈처럼—망설임,

계산 없던 키스의 밤 아랫도리에 윙윙대던 절제의 미덕이
불필요한 방울 소리였는지 흔들어 보고
단풍이 지쳐 노랗게 신음할 예견된 버릇을
다시 알아볼 것, 그래도 낯설지 않으면
니힐리스트가 되어
관속에서 뚜껑 닫는 연습 해 볼 것.

한적한 마을

외딴집이 고즈넉해서인가
노란 산수유꽃은 잎보다 먼저 피어
춘삼월을 떠나 보내고

여름날
하늘 닿은 푸른 숲에
작은 새들이 조쫑쪼르르 노래 불러도
듣는 이 마릿수 세어 볼까마는

한가위 날은
도시로 떠난 주인의 방문과
터 팔리지 않아
폐가 된 호랑가시나무 잎 속에
둥지 튼 물까치가 요란하고
전 부치던 다음 날
새 옷차림에 어린아이 몇이 깔깔대도
한적하기 바이없어
까만 자동차 한두 대 오간 뒤
해후의 여운은
잔기침하다 가래로 끊긴다 →

겨울 철새가
부사관 계급장처럼 날아가던 날
외줄 전깃줄에 앉은 까마귀가
우악스럽게 울 때는
빈집 같은 독립가옥, 소문도 벌써–

다섯 마지기 밭일 두고 술에 찌든 남편 때문에
에인 가슴 후벼 파고
소리 내어 웃어 본적 한두 번
정초에 턴 멍울진 깨알 반 됫박

달그림자 많아도 호젓한 이곳은
또, 울 것 같은 마른 눈물도
해마다 되풀이되기는

마음의 꽃

오늘
좋아하는 사람이 온다면
몰랐던 꽃들을 살펴보겠네
예쁜 꽃마다
꺾지 않고 손가락 펴
그 꽃을 가리키겠네

내일
좋아하는 사람을 찾는다면
꽃말을 다시 지어드리겠네
진실한 만큼 아양 떨고
떠는 만큼 질리지 않게

모레쯤
좋아하는 사람과 어울린다면
자줏빛 설렘으로 피어난
라벤더 향을 손짓 불러 모아
코끝에 고스란히 드려야지 →

그런 시간이 끝날 때쯤
꽃말은 '대답해 주세요' 보채지만
조차 흔하고 낡아서
고백은 못 해

철들어 외로워도
'괜찮아' 내게 말할 때
꽃이 활짝 피어도
고백은 못 해

귀가

집으로 돌아올 때
남겨지는 건축물들은 부산 떨기 위한
무대일 뿐

셋집이지만 내 집이 스무 채 더 된다
옮길 때마다 묻어온
곤란한 삶의 체취가 구석구석 구겨져 있고
고단함이 천장 한 귀퉁이에 거미줄처럼 뭉쳐 있다

집으로 돌아오는 길이 아늑함도 축축한 건
뽀송한 햇살에 주눅 들었을까

서편 하늘가 번지는 황금빛에
붉은 주단 펼친 듯 노을 멎었네

제목 : 귀가
시낭송 : 박영애
스마트폰으로 QR 코드를 스캔하면
시낭송을 감상할 수 있습니다

준비

먼지 바람에 떠돌다 온 날들
살갑던 동무들과 피붙이 형
엘리시온 푸른 들로

오늘 장인도 아버지
거기 갈 채비하시고

나, 시간 지나 거기까지
가는 길목에서
참살이가 모자랐던 것
눈치채고

들 날숨 쉴 때마다
못된 생각 눌어붙어
헐뜯고 건방진 마음에 떼
씻고 싶은데

병실에선 투명한 수액이
영혼의 핏줄까지 씻고 있어

그 여자

밤새 내린 함박눈에
온갖 꽃과 잎들을 달았던
나뭇가지들은 시린 채

화려한 봄 꿈을 꾸다가
깨어난 새벽을 딛고

하늘 파란 해 볼 무렵
꽁꽁 언 나를 비춰 준다면

그 여자와 사랑은요

별생각

사랑은 허공에 떠 있다. 생각 없이

지상으로 내려온 너는 빈 깡통, 맛없는 뷔페 같은 것

허공에 둥실 뜬 사랑이
        별 싸라기 되어 눈처럼 내린다면야,

한 사람

너겁인 듯 모래알인 듯 그도 77억 명에 한 사람
잡초도 이름이 붙여졌다
그가 민원서류 자판기에 지문 찍으면
백태 낀, 혀 같은 등본이 날름 내밀어
그거면 돼
이룰 수 있는 꿈은 그에 가슴 크기로
여전히 유효함은

1980 뒷골목

질풍노도 시절
누구는 가끔 주체할 수 없어 집창촌을 들렀거든.
마약 같은 뜬구름을 타 볼 양 최고의 속도로
흔들었거든. 에이즈도 있었고 매독 임질 콘딜로마도 있었지.
단골로 정도 들었대. 문제는 오감을 싸질러 춤을 춰 버린 건
동참해 나올 그것과 그것이어야 했는데 놀던 곳에 꽂힌, 미련
둔 장갑이 팔랑거려 크게 웃었대.
늙은 여자 포주가 쌍욕 할 때까지.

기다리는 마음

돌판에 새겨져
굳어 버린 추억을 깔고 앉은 백구는 기다린다
자가용 타고 왔을 길 쪽을 뚫어지게 보며
다시 찾아오리라는 어리석음도 알지 못하고
버려졌다거나 버림받은 일 없다고 순하게 적응한다
봄가을이면 두리번거릴만하고,
찬비와 흰 눈이 와도 한나절 앉은 자리에서 떠나지 못함은
온다는 믿는 구석이 있었고 안 올 거란 주인의 말도 없었다
백구의 천성보다 못한 나는
기다려도 오지 않아
걔 같은 마음으로 기다려 봤다고 빈말은 하겠다.

흐린 가을날

그리움이 가랑잎처럼 쌓여
소슬바람에 흩어지고
가을비에 젖고 밟히다가
경계석 모퉁이에 모여든 기억.

뜨거워 팝콘같이 튀어 오르다가
흩어진 잔해처럼
거리의 청소로 자루에 담겨 종적마저 감춘
흐린 가을날 부도난 어음.

다시 가랑잎 쌓일 일 없는 그리움은
땅거미 꿈틀꿈틀 어둑시니 기어가도
애타지 않아
내 눈이 밝아 오니.

제목 : 흐린 가을날
시낭송 : 박영애
스마트폰으로 QR 코드를 스캔하면
시낭송을 감상할 수 있습니다

코앞에

 끊임없이. 은하 속 태양계와 우리가 사는 땅과 하늘까지
까맣게 연기 피워 구멍 내고. 마구 찍어 낸 플라스틱에
버림받은 지구는 훗날 인류세가 될 것인데. 때마다
수직으로 쏘아 올린 인공위성으로 하늘까지 오염이 되었구나.
게다가. 킬러위성 만들어 인공위성 쳐부숴 흩어질, 유일한
공간마저 우주 쓰레기로 난장판 만들 여유를 부리네.
짧은 시간. 수십 억 년의 생태 버릇도 바꿔, 끙끙 앓는
소리와 하늘부터 땅까지 회복되지 않는 독과 찍어낸 안주를
술잔에 빠뜨려 우리를 마시고 있네.
알고 있을 거야. 지구는 우리가 잠시 머물고 빌려 쓰다가
본 모습 그대로 돌려놓고 떠나야 함을. 발 동동거리다가
자연의 화병은 깊어져 코앞에 단말마의 고통 같은 기후와
변종의 바이러스를, 강 건너 불구경만 할 텐가.
작은 불부터 끄러 갔으면.

이별을 말하다

본디 뜻은 있으나

이별은 식어 간 별이고
석별은 서운하며
고별은 고통스러운데
작별은 결딴나게 인사라도 해야 하나

살거나 죽거나 헤어질 때는 눈물도 옛 같지 않아
하냥 웃자
우연히 만날 수 있을 것도 같아

신기루 사랑

마음이 뜨거운 날
그이가 내 맘 꽁지에 불붙여 주면
넋 잃고 달려갑니다
뒤 끝도 뜨거워
불나방이 돼요

보기 민망한
애틋한 불륜도 아닌데
사랑하는 일은 신바람인데
잡히지 않는 사랑에
손 뻗어보면 안 되나요

육갑 떠는 나

반은 거짓말이고 진실이어도
모든 게 온전하다고 믿는 세상
그 속에서 나는 꼭두각시처럼
내 편도 없이 흥분해.

식을 때까지 모르는 내 삶이
어데 가서 진실을 토하고 행복할까
애꿎은 술에 기대어 잔만 가지고 노는
나는 미쳐야 다행인가.

배낭 하나 메고 길 나서면 조금
나아질까 이것도 저것도 아닌 놈이
헤매다 하늘 보고 베실 웃냐.

아는 게 몽땅연필처럼 짧은데
말이 많고 주워들어 유려하나
쭉정이 같이 날리고
진실 앞에 두꺼운 가죽 깔고
나와 틀리면 고래고래 악쓴다. →

부족할수록 유식한 말 남발하고
맞춤법은 소리 나는 대로며
겸손으로 가는 길이
집으로 가는 길보다 멀구나.

아름다운 것은 하늘 아래 널렸는데
보고만 있어, 멍한 게 편한가
깨달은 것인가
복채 담을 그릇도 없으면서
육갑 짚고 떨고 있구나.

시각장애인은
마음과 촉각으로 보인다고 했어
뜨고도 보지 못하는 내 눈은 차라리 빼어
악어에게 던지자
악어는 눈물이라도 있다며.

저의 여자인 까닭

꽃씨 둘 품어 싹 틔우고
살림살이 모자라도
불평한 적 없는

행운은 끝 가고 없어도
늦은 날 깨달아 고마운
제 여자입니다

비의 애수

이른 봄비나
늦가을 비 맞아 파리한 가엾음에
언제든
하늘로 데려다줄 것 같았다

하얀 종이 위에
파란 얘기하고 싶으면 비의 날
이별의 시름을 가위질하는 일이다

겨울비는 괜찮을까

의문

우주의 끝은 어디야
끝이 있다면 벽이 있을 거야
빅뱅 이론은 팽창한다고 하니 끝을 알 수 없네
사람의 한계는
신이라 이름하고
양심은 과학의 이론을 뛰어넘는 건

고백

악질은 눈물도 없어
평생의 시간 속에 나의 고백을
다 하지 않으면
넋이 그림자 지워 유체이탈 못 한 채
어디에 대가리 처박든 몸뚱어리 보인다

우리가 택한 거짓말

지핀 적 없는 화덕에
누군가 빵을 굽고 있다
족집게에 집힌 진실이 힘을 쥔 시간에
듣기 좋은 거짓말로 피로가 쌓인 손가락은
근육이 풀려 나락으로 떨어진다.

지나간 일도 지금도 꾼들에게
속았다는 것을 알았을 때
잘게 이는 성냄
파도 같은 성냄
너울 같은 성냄으로
택할 것은 있다.

없어서 없는 대로 굽는데 치켜세우는 것과
있어도 빼앗아 더 먹고 흩뿌려 주는 것과
너와 나는
음모가 다른 프레스에 생각이 찍혀
맞출 수 없어 차곡차곡 쌓지 못해
물과 기름은 충져도 한 방울의 화학 반응으로
섞일 수도 있다지만
이해와 소통의 시작은 뭘까
사랑, 그거 원석 아닌가요
이성으로 연마하면 빛을 나눌 수 있을까요. →

사기꾼이 잘살고 오래 살고

진솔한 사람이 먼저 스러지며

닿지 않는 생각들이 평행선을 향하여

양 갈래 선택한 우리의 꾀에

각각의 입맛대로 다시나 봐

시대가 희망 잃어 몸부림칠 때 쾌도난마 없이

뜬구름 같은 영웅에게 지랄발광하고

그 어리석음과 굽지 않는 빵을 그을린 훈제로

고기인 양 지금까지 먹이고 먹고 있으니.

연애의 종終소리

기쁘거나 즐거울 때
슬픔의 시간을 예감하고
고통스러울 때
맞닥뜨린 처음의 감정을 기억하지만
이별할 때는
보내는 아쉬움도 강물이라고 하자
찾지 못한 평생의 사랑이었을지언정
행복하기를. 내 사랑 안녕,

허기

배고파야 해
머리가 비든 속이 비든 고파야 해
민생고가 해결된 날부터
모든 살코기와 해 먹기 쉬운 것들로 채워진 내장은
포장지의 색깔만큼 다색 불긋하여
머릿속까지 복잡하고 속이 차 게으른
먹을거리의 몸종인 나
기름지고 느끼하다

비워야 채워지는 붓질은 또렷한 정신으로
미끄러질 듯 달려가니
내 안에 모든 것을 굶겨라
헬리코박터마저

포만감을 채울 수 있는 공간을 무시하고
뼈와 근육만 세우다가
그 힘마저 스러지면 그때 숨 쉴 만큼 채워라

자아 관람 기법

　　　－달리 그림

녹아내린 기억 속에
내 모습은 가지에 늘어져 있고 겉만 둥근 시계가
각진 곳으로 흘러 내려앉다가
의자가 사라진 식탁으로 다시 내려가 눕고 더 외로우면
바닥으로 기어 덮치고

축 처진 십자고상의 정수리 위에
내 심장과 눈을 떼어 두고
죄의 담금질로 이지러진 날 본 건
기억의 죄, 지속 따위에서

패, 牌를 보이다

1. 열등감 속에서 뜬 이성

잘 먹지 못해서 별명이 많았다.
고구마 빼때기, 멸치, 머리가 둥글어 문어 대가리
말라서 붙여지던 별명은 더 된다.

기억의 자물쇠를 끄집어내며
소년의 비밀 문은, 녹이 슬었지만 열려
性은 아무도 가르쳐주지 않아도 알게 됨을.

열네 살, 알곡이 익을 무렵
아랫도리 습관처럼 조몰락거리다 터져 나온 대물림의 시작은
놀라고 부끄러워
몽환적인 공간을 날았다. →

2. 짝사랑

많은 남학생이 그 소녀를
좋아했던 것은
우리를 보는 눈망울에
보석이 박혀 있어
눈동자가 움직일 때마다 반짝거렸다.

어느 날 소녀가 저녁 먹는 창문 틈새로
연서 한 장 밀어 넣고 도망치듯 언덕길을 넘었다.
'너 좋아해' 그게 다였고
유치하기 짝이 없는 문장이었으나
나를 봐주라는 희망을 품었다. →

여름날

밤바다가 보이는 둑길에 앉아

풀 모기 손 젓으며

열다섯 되는 소년 둘과 소녀 혜숙이가

밤하늘을 이고 있었다.

별들은 또렷하게 빛나고

은하수가 흐르는 동안

걔들 둘이 속삭이는 귀엣말을 들었다

친구는 같은 학교 동급생으로 정구선수였고

덩치는 큰 데다 삐져나온 깜장 수염은

어른 같고

말라 코마저 삐뚤어져 보이는 나는

주눅이 들었다.

내가 좋아하는 소녀인데……. →

지켜보는 것도 좋았다.
날 옆에 두고
게네들 소곤거림은 새벽이 오기까지
풀잎이 이슬에 젖는 것도 몰랐다.

짝사랑이었던 거다
'그치!'

아마 그 소녀는
느린 걸음으로 곱게
노을 지고 있을 테지. →

3. 첫 경험

70년대 TV는 흑백이었고 반소매 옷을 입고
있던 기억으로 한여름이라 생각한다
가족 얘기를 다루었던
팔도강산 드라마는 인기가 높아 TV가 있는
집 마당으로 아이 어른 모두 모여
저녁 시간 드라마 속으로 빠져든다
보던 중 졸음에 겨운 나는 쪽마루 건넛방에서
잠이 들었다.

부드러운 손놀림이 나를 깨우니
개구리 소리가 들리고
한밤중이었고 달은 밝은데
쉿!
낮은 소리와 더불어 그 여자의
손가락이 내 입술의 반을 나누지만
누군지 알기에 →

다듬잇방망이로 두들기듯 뛰는 염통과

진한 화장 내음에 숨이 막힐 듯

깊게 들이마신 숨을

속도 방지턱처럼 뱉으며

건넛방에 잠든 사람들이 깰까 봐

이러 저러지도 못할 순간의 시간이

가늠이 되지 않았다.

배워 본 적 없는 본능은

저절로

이끄는 대로 몸 가는 대로 움직이고 만다

짧은 순간, 달빛 덮고 은밀하게

이루어졌다.

그 여름날의 밤은

뒤척임 속에 개구리 소리가 수군거리는 것처럼

들려 오곤 했다.

해후 불가

그때 얘기했다면
인연의 역사는 바뀌었지요
먼 훗날에 고백하여도
내 맘만큼 소망이 이루어졌을까
마음속에 품은 얘기
비치지 못해
바보 따로 없네요
다시 못 보는 거죠

옥수수

7척 장신으로 시바 여신의 팔처럼 뻗어
푸른 제복으로 도열한 간식 조달 병정은
된 볕 맞으며 일꾼과
한바탕 전투를 치를 것 같구나.

예전부터 7월이면 소금, 사카린 살짝 치고 삶아
아래위 앞니로 토로록 굴려 넣고
아리랑 노래 부르던 목으로
눈물 따라 넘어갔지.

그때는
목구멍 까칠한 노랑 메옥수수가
목숨 지키던 구황작물이었으나
이제는 심심풀이 땅콩 먹는 기분의
찰옥수수로 변신하여
녹색 망에 포로가 되어 팔리지. →

어제 시식했는데
어쩜, 찹쌀처럼 여물었니.

네 팔 꺾으러 정글 같은 밭을 누비기 시작한다.
손들어!

꿈

○○공파이래
가마 탄 적이 없으며
타 보지 못한 말
타 보지 못한 당나귀…….

고삐 잡고 걸어간 사람아
쥔 없을 때 당신께서 타 볼 양,

준비 없어 허황한 꿈들이
허세의 껍데기 씌어, 속 알맹이도
텅 비워진 대물림

아직도 꿈을 꾸는가 후손아!
종마 타고 달리는 꿈을
날틀을 타고
알지 못한 곳까지 여행하는 꿈을

꽃들은

얼마나 많을까 너의 이름이
본 것들의 명찰은 새 발의 피
바라보고 있으면 화려해지고
틈틈이 향기와 더불어 아름다워진다
불현듯 통성명하려 다가설 때
근심으로 꽃 진 자리
소리 없는 중력의 침묵은
씨방 속에 숨긴 내일 이야기

변산

산안개가 허리 감은 신선봉아
네 봉우리 아래 솔바람도 일어
푸른 잎맥은 물비늘로 반짝이고
가을이면 붉게 화답한다네

걷다 보면
바닷바람이 산자락을 밀어 올리고
산 들 바다가 이어져
꽃의 신이 흘리고 간 씨앗은
여기 들꽃이 되어 색동옷 입고
손짓한다네

걸음이 멈춰 선 변산 바다는
진주구름 놀 빛에 대봉감이 익어가고
비 그친 날은
깨끗이 씻긴 무지개도 보았거니
가분하게 내 마음을 들어
저 하늘에 띄운다네 →

덧없는 꿈을 꾸랴

나 지금

도화원 걷듯 변산 마실길 걷는다네

제목 : 변산
시낭송 : 박영애
스마트폰으로 QR 코드를 스캔하면
시낭송을 감상할 수 있습니다

영점 조준

서정 표적 하나
미친 표적 하나

두 개의 표적을 향하여 쏘고 있어
하나는 늘 표적이고
하나는 미친 표적이고
나는 쏘고 있어 두 개의 표적에다
각각 세 발씩
가까이 모인 영점이 내 표적이야.

순수 2

아이의 눈 속에
흐르던 맑은 물빛으로
어른이 된 날에도
커진 눈에 선한 것만
담았어야지

성애性愛의 구도求道

젊어 조준해도 튀고 나이 들어
조준해도 벗어나니 지수굿하게 앉은 자세로
아내의 잔소릴 배설하오.

저번 날 그대는
밤하늘에 맑고 고운
달이며
별이었고
간지러운 말로
새로워지던 젊음의 달콤함이 그렇게 좋았어.

그대는 꽃술이고 나는 나비로
핥다가 취하던 날도 적지도 않았고
정념이 불꽃으로 타올랐으나
끝 갈 줄 몰랐던 날들이 사위어 가고
한때는 금침 원앙의 주인공이었음을.

시나브로
인중과 눈 밑, 이마에 주름은
어둠 속에도 보일 듯. →

살 내음과 입맞춤도 낯설지 않은
습관 된 정 따위는 뜨겁던 추억과 맞물려
과거의 문틈으로 나를 관음하는
회상이 기가 막히고 에로영화 같은 짜릿함은
기억의 사진첩에 누웠네.

재 속에 불씨를 찾아보지만, 온기 없어
불 달궈 달리던 성애는 구도에 길로 디뎌
가부좌하고, 반야심경을 읊으리.

가을 무를 거두며

여름날 된 볕에 흐르는 땀방울이
밭을 적시고 어루만지며 흙에서 키운 것이
늦가을 파란 하늘 아래 배불러
흰 배 드러낸 무를 뽑아
베개 같은 이랑에 눕힌다.

딸아이는 손녀와 함께 참 싣고 올 테고
쉬면서 무 깎아 먹고
엉덩이의 트림으로 괄약근을 간지럽힌
구수한 향기는
먼 길 떠나기 전 설렘이라
이제 너는 도시의 시장으로 선보러 간다.

수만 세월
바위가 부서져 허락한 지심으로
한 끼에 찬들이 되어
농법 또한 친환경이라, 건강한 밥상에서
아삭한 식감으로 만날 것이다. →

쉬면서 눈을 들어 보면
따지 못한 대봉감이 떨어져 쌓이고
보는지 마는지
가지에 앉은 살진 까치와
산 열매 남았을 숲에 작은 새들은
풍요를 즐기듯 노래 부른다.

 제목 : 가을 무를 거두며
시낭송 : 최명자
스마트폰으로 QR 코드를 스캔하면
시낭송을 감상할 수 있습니다

아내

누가 뭐라든 예뻤어
빛나는 눈엔 꿈을 꾸고 있었고
목소리 방울같이 굴렀어

빛을 타고 왔으리

깊은 쌍꺼풀도 풀어지고
다문 입술에 잔주름은
시간이 그은 세필 화

늘 보아서 무딘 나는
당황한 거고
세월의 선물로 애잔하게 받나요

긴 밤도 어느새
새벽을 쪼아대던 수탉 울듯
메인 목구멍

되새김

나비가 앉았어
잡고 싶었지
바라보기를
마음만 안타까워 놓아 주던 일
옛길 거슬러가며 외쳐 부르는
꿈속이
다시 추억이 되고

길 떠난 어머니께

어머니!
절 낳으셨느냐고 원망한 일 없으며
가난했으니 가난한 대로 살았지요
대물림 생각은 털끝만큼도 없지만
손녀, 중손녀까지 잘 있습니다.

어째, 살다가 연금 몇 푼 받기에 열심히 살았네요
혹시 복이 있어 더 잘 살면 좋겠지만요.

어머니!
살아 계신다면, 당신이 살던
그 고통의 때 보다 요즘 넉넉한 것도
사실입니다
하루하루가 빠르게 바뀌는 삶 속에
견디기 버겁지만 버릇되어
이승에서 견뎌냅니다. →

어머니!

기억하는 것은

열일곱 때 패싸움으로 사고 쳐 크리스마스이브 날부터

이듬해 3월 9일 풀려나기 전까지

죄인들의 차가운 마룻바닥에서 가부좌로

하루 두 번의 스팀으로 몹시 추웠고

동상이 걸려 푸른 점으로 발바닥이 썩을 때

풀려나 담배꽁초 따습게 달인 물로

보름 동안 발 찜질하여 주셔서

말끔히 나았지요

제가 어머니처럼 자식들을 슬기와 사랑으로

가르치고 있는지 불현듯이 생각하는 시간입니다.

어머니!

이제 꿈에도 나타나지 않음은

제가 어머니를 잊은 거지요

꼬맹이 때

바싹 말라붙은 엄마 젖을 빨다가 당겨

투정 부리던 생각이 나요

오늘은 앙가슴에 얼굴을 묻고 싶습니다.

한 줄 行 한 줄 苦

된바람에
창문이 더덜컹, 어떡하든 받아 쓰고
어두운 하늘 이고 가는 겨울 오후
어린 손등에 떼 절어 갈라진
붉은 속살 보았듯이

行人

길을 걷는다
길을 걷는다
더 걸어야 할지.
천릿길 속에 하루 백 리 걸을 때는
발바닥 물집 터져 고통만 가득했고
고희 재 넘자니 태평무는 엄두 없네
저기 높은 곳에
비천한 몸 걸어나 놓자
고단이 무게 받는 삶의 길이기에
더 무거울 것도 없어라

돌

크기가 같더라도 뿌리가 있다면
더 아프네.

묵시默示

정의가 침묵한다. 가끔
늘어지면 긴장하는 인내의
인계철선.

건드리면 폭풍우를 동반한
집채만 한 파도가 울부짖음으로 대신할 때
까지만.

모두가 맺힌 눈물로, 돋보기처럼
분노가 커 보일 때. 굴러내리면 보여
어떻게 해야 하는지…….

간음

어느 날
그녀를 만나
갖은 말로 달콤하게
그녀를 원했고
간음까지
상상했지만
실제와 다름없었다

삼발이 솥

민중이 헤맬 때 영웅이 만들어지고
권력이 교만하면 백성이 꾸짖고
지혜로운 사람은 태평성대 때
모순을 가르친다
반세기 전에 옮겨 쓰던 삼권분립은
바뀔 때마다 무수리가 되어
다리 잃고 민 솥으로 내려앉은
앉은뱅이가 되었다.

옳고 그름이 가뭇없는 날

아무도 없었다 거기에
의지와 행위로
그들의 생각만 있었다.
언제부터 적보다 미웠나!
타자의 고통엔 담대해

악쓰고 외치는 게 정의라 맹신하며
굳어가는 접착제와 같은, 아니
이탄泥炭이 쌓인 가슴이 되어 봐
유물이 된 정의, 불분명 현주소.

그렇다면,

나와 너는
달라, 게다가 틀려
하지만 고개를 끄덕여야지
가진 것 쏟아부어 이길 수 있어도
질 거야.
저주가 귀에 들려, 속 뒤집혀서 해진
상처의 신음마저 소거하며
마음까지 꿇어야 해

떠난다는 것은

자작나무나 전나무 메타세쿼이아도 느린 호흡으로 하늘로
떠납니다. 로켓에 몸 실은 비행사는 빠르게 먼 곳 떠납니다.
떠나지 않으면 맺을 것 없는 미래라고 말할 테니까요.

며칠간 돌아올 요량으로
집 먼 길 앞에 두고 떠날 때도 있습니다.
정든 곳을 두 번 다시 돌아보지 않을 양 떠나기도 하지만
아, 하나는 땅속으로 떠납니다. 한 지점에서 출발한 미래가
길을 잃었을 때 원심력을 잃어버려 진주 같은 눈물방울 수작업
합니다.
남겨질 그대를 위해 끼워줍니다.
떠난다는 것은…….

콩깍지

오 오 당신은, 나의
에라 만수, 에라 대신 같아라!

*에라 만수: 영원한
*에라 대신: 위대한 신

지 아버지는예

 키가 육 척에 가까운 아부지라예.
흥남부두에서 거제 거쳐가 부산서 못 박았다 카이.
아무 일도 할 수 없어. 식구들 궁기기 연습시키던.

전기 없어 이른 밤이어도, 열 평 남짓 하꼬방 바닥엔.
일곱 식구, 헌책처럼 모로 누버써.
어린 막내라꼬 부모 사이에 낑가 재운 내야.
아부지 주무실 때, 사살 말하거나 걸걸치면
큰 소리로 성깔 내시고.
몸부림쳐, 아부지 몸 다이기만 해도.
앙상한 내 등판떼기 내리치시고, 궁디 무릎차삐서
위 구석으로 팅기가 우리하이 눈물났다 카이.

그 날 후로 잠들다가
'아부지 몸 다이기만 해도'"아부지 살!"하고
경기 驚氣 하던 막내라예. →

신촌 시장에서, 무화과 열매 팔아주시고 댕겨 오는 날.

성큼성큼 길따란 다리, 속도 조시도 없다 카이.

달리듯 걸으랴, 처무랴, 아부지 손 잡으랴.

그카이 엄청시러워. 생각하기 싫은,

일찍 죽은 우라부지 아이가.

송판때기 관 위에 "막내야, 첫 삽 떠 너으래이!"라는

큰 행님 말에

서럽게 울던 '아버지 살'이라 카이.

나의 아버지

　　－지 아버지는예 표준어 시

　키가 육 척에 가까운 아버지.
홍남부두에서 거제 거쳐 부산서 자리 잡은.
아무 일도 할 수 없어. 식솔들 굶주림 연습시키던.

전기가 없어 이른 밤이어도. 열 평 남짓 하꼬방 바닥엔.
일곱 식구 헌책처럼 모로 눕고.
어린 막내여서 부모 사이에 끼워 재운 나.
아버지 주무실 때 소곤소곤 말하거나 걸리적거리면
큰 소리로 화내시고.
몸부림쳐, 아버지 몸 닿기만 하면. 넓은 손바닥으로
앙상한 내 등짝 내리치시고 엉덩이 무릎 차기로
윗목으로 처박혀 눈물이 된 통증.

그 날 후로 잠들다가
'아버지 몸 닿기만 하면' "아버지 살!"하고
경기 驚氣하던 막내라고. →

신촌 시장 가서, 무화과 열매 사주시고 다녀오던 날.

겅중겅중 긴 다리 속도 조절도 없어.

달리듯 따라가랴, 처먹으랴, 아버지 손 잡으랴.

그 기억이 사무쳐 생각하기 싫은

일찍 가신 내 아버지.

소나무 관 위에 "첫 삽 떠 넣어!"라는 큰 형님 말씀에

서럽게 울던 '아버지 살.'

패, 牌를 보이다

전남혁 제2시집

2022년 8월 11일 초판 1쇄
2022년 8월 17일 발행
지 은 이 : 전남혁
펴 낸 이 : 김락호
디자인 편집 : 이은희
기 획 : 시사랑음악사랑
연 락 처 : 1899-1341
홈페이지 주소 : www.poemmusic.net
E-Mail : poemarts@hanmail.net

정가 : 10,000원
ISBN : 979-11-6284-385-7

이 책은 〈전라북도문화관광재단〉에서 일부 지원을 받아 제작되었습니다.